まり

―ホスト純愛ストーリー―

織田モアイ
ODA Moai

文芸社

まり　―ホスト純愛ストーリー―

1997年春、僕は名古屋市にある名城大学の学生だった。名城大学は名古屋の人に言わせると、「いい大学に行っとるねぇ」という者もいれば、「そんなバカな大学に行って」という者もいる。どのように評価されているのかわからない大学。

僕は松下君という友達といつも一緒にいた。僕は悩んでいた。大学が嫌で嫌で仕方がなかった。たぶん会計学の講義のときだったと思うが、松下君に尋ねた。

「松下君て、大学出たら何やるの？」

「税理士になるよ」

「すごいね」

「丸ちゃんは？」

——僕は何も考えていなかった。よく考えると何で僕は名城大学にいるんだろう。そもそも体力に自信がある僕には、学歴は必要ないと考えだし、大学中退を決意した。

早速就職情報誌を買って真剣に仕事を探した。しかし大学中退は恐らく高卒と同等の学歴。「高卒以上、月収35万以上可」という営業の仕事が多く載っていたが、たぶん怖い上司が怒鳴ってノルマ厳しい世界やなぁ……と想像でき、僕には無理やということで、仕事が見つからなかった。下宿の部屋に友達が遊びに来て、中京スポーツという新聞を置いて帰ったので、スポーツ新聞の求人欄って、どんな会社が載ってるんだろうと見ていたら、『ホスト募集』という欄が目に留まった。ホストは当然男前しかなれないと思っていたが、ブサイクでもホストをやっている人もいると聞いたことがあって、ちょっとホストいいなぁ、ホストになる、とその夜決めてしまった。

5店ぐらい載っていたが、一番広いスペースをとって店の説明がしてあった、《クラブ・美少年》を選んですぐ電話をしてしまった。

「ありがとうございます。クラブ・美少年です」

「あの私丸山と申しますが、中京スポーツを見てホストに応募したんですけど」

「ありがとうございます。年齢と住所、教えていただけますか？」

「22歳です。天白区《てんぱく》です」

「明日来れますか？」

「行けますけど場所がわからないんですけど」

「くすのきビル。わかりますか？」

「わかりません」

「池田公園、わかりますか？」

「わかりません」

店の人がしばらく黙っていたが、

「中日ビル、わかりますか？」

「わかります」

「栄12番出口、中日ビルの裏の方で公園を目指して来てください」

「ありがとうございます。失礼します」


電話を切って次に考えたのがホストはやっぱスーツだということ。たぶんホストって高いスーツ着とるやろうけど、僕は無理やで大学の入学式用に親に買ってもらったスーツを着ていこうと決めた。しかしホストって、女性を相手にする優しそうな仕事なのに、ケンカに強い人の集まりということを聞いたことがあって、ちょっと怖かった。

結局、その日は緊張して眠れず朝を迎えた。落ち着かないので、まだ早かったが思い切ってスーツを着て地下鉄で栄に行った。

中日ビルの裏の辺りを歩いていたが、全く知らない土地だったので主婦二人組に尋ねた。

「すみません。池田公園ってどこにありますか?」

「池田公園って、ここの公園よ」

周りをよく見たら、僕は公園の前にいた。

「くすのきビル、教えていただけますか？」

そこで、主婦二人組が不審そうに僕を見だした。何で就職活動中の大学生が、くすのきビルに行くんだという感じだった。

「ここからまっすぐ行くでしょ。サークルK見えるでしょ。そこからもうちょっとまっすぐ行って左側よ」

お礼を言って、指示されたとおり歩いて行ったら、それらしきビルがあった。ビルの看板をよく見たら―club　美少年―と書いてあった。なぜかすごく安心した。

（しかし店の人に夜中の12時に来てくれと言われとるで、時間がありすぎやなあ）

また池田公園に戻ることを決め、ベンチに座りタバコを吸った。栄はすごく都会と思っていたが、ベンチから周りの風景を見ていると、静かなとこやなぁ、栄のはずれなのかなぁと思った。しかし公園におっても暇やで、栄のやかましいところを目指して歩いて行った。たぶんロイヤルタウンっていうファミレスに入り、牛乳を頼みゆっくり飲んだ。しかしファミレスは雑誌が置いてないし、栄のファミレスでの長居は店に迷惑がかかると思い、喫茶店に入ってマンガを読むことにした。たまたま入った喫茶店にタイミングよくジゴロっていうホストマンガがあった。内容はもの凄かった。確か主人公が、

「俺は新宿のナンバー1になるぜ」

と言っとったで、

「僕は栄のナンバー1になるで」

とやや控えめに決意した。喫茶店から出たら周りはネオンキラキラの世界で、僕はとんでもない世界に来てしまった気がした。気持ちを落ち着かせるため、ラ

ーメン屋に入りラーメンを食べようと思った瞬間、注文をやめた。ホストがラーメン臭かったら駄目や、よしお茶を飲むことにしようと決め、店の人に、

「健康茶お願いします」

と伝えたら、ニコッとしてお茶を出してくれた。２００円の支払いを済ませ、ちょうど11時30分。よし頑張るぞと決意し、クラブ・美少年のドアを開けた。やはりホストクラブだけあって男前の方ばかりだった。僕を面接する場所に案内してくれたホストは特にカッコよかった。失礼しますと入って面接をしてくださる方を見たらさらに驚いた。めちゃくちゃカッコいい。顔が日本人離れしている。これぞ売れとるホストだと思い緊張した。この面接をしてくれた方は僕がこの後一番お世話になることになり、今でも尊敬している久世義典《くぜよしのり》さんだった。

「丸山君、真面目そうだね。けど真面目過ぎるのも良くない。もっとリラックスして」

「はい、ありがとうございます」

「丸山君、面白いねぇ。もうすぐ一周年パーティーがあるから、頑張ってよ」

「じゃあ、僕は働かせてもらえますか？」

「丸山君、スーツ着てるから今日から頑張りなさい」

「ありがとうございます！」

先輩ホストに裏の休憩所に連れて行ってもらい、接客方法と水割りの作り方を教えていただきました。先輩から、

「名前決めろ」

と言われたので、僕は織田裕二が好きだから、

「織田でお願いします」

と言ったら、

「下の名前は？」

と言われ、その頃反町隆史がブレイクしていたので、

「隆史でお願いします」

と言ったら問題が起きた。

「どういう漢字を使うんだ」

と言われたので、

「織田信長の織田に、法隆寺の隆に……」

ここで僕は止まった。

史をどのように説明していいかわからない。突然開き直り、

「志すでお願いします」

このようにして僕は「織田隆志」になった。やる気を見せて先輩にいろいろ質問した。

「先輩、この店いくらくらいかかるんですか?」

「席料2万4千円」

先輩は普通に言ったが僕はびっくりした。高すぎるぞ。先輩に、

「どうしてそんなに高いんですか」

と聞いたら、

「名古屋では有数の高級クラブだから」

と言われた。その瞬間、店選びを失敗したと思った。

僕は久世さんから高貴《こうき》さんという方と席を回るように言われた。背もたれのない丸椅子に座りヘルプの仕事をした。当然お客様と会話をする余裕などないので、

「僕も一杯いただいてもよろしいでしょうか？」

と言って、お客様のボトルのお酒をいただいて飲んでいただけだった。


朝5時になり、突然先輩から歌を歌えと言われた。僕は「ミスチルのシーソーゲームお願いします」と言ったら、シーソーゲームのイントロが流れだしたので一生懸命歌った。なぜか自分でも驚くほど上手に歌えた。歌が終わって丸椅子に座ったら、ある先輩ホストが、

「君、歌上手だね。これから君のこと岐阜の桜井君て呼ぼうか」

と言ってもらえた。このときはその先輩の名前もわからなかったが、この先輩こそが店のナンバー1を常に争い、クラブ・美少年の伝説のホストと呼ばれた万田《まんだ》圭《けい》さんだった。朝の6時30分になり、閉店し、ミーティングが終わり店を出た途端、もの凄い睡魔に襲われた。何とか栄駅まで歩いて行って、名城《めいじょう》線に乗り上前津《かみまえづ》で鶴舞《つるまい》線に乗り換えて、もう乗り換えの必要がないと思った途端眠り込んでしまった。地下鉄に乗ったはずなのに、起きたら窓から見える風景が明るい。終点、豊田市だった。鶴舞線は赤池駅で名鉄線になり、地上に電車が飛び出すことを思い出した。

逆方面に乗ったら再び眠り込んでしまい、起きたらまた窓から見える風景が明るい。逆方面の終点、犬山市だった。そしたらもう人生がどうでもよくなり、適当に電車に乗り眠っていた。昼頃海を見てしまったとき、このままでは塩釜口《しおがまぐち》に帰れなくなると焦りだした。そこの駅は確か常滑市の駅だったと思うが、おじさん二人組に、

「すみません。塩釜口にはどう行ったらよろしいでしょうか?」

とお聞きしたら、

「塩釜口ってどこだ」

と言われるので、

「地下鉄鶴舞線の駅です」

と言ったら、

「お前の言っとる意味がわからんが、名古屋に戻りたければ金山を目指せ」

と言われた。言われたとおり金山を目指したら、また眠ってしまい岐阜市にいた。しかしこの時点で体から完全に酒が抜け、頭もスッキリしていたので塩釜口に帰ることができた。


その日の夜、店の営業がなかったので、社長が僕の歓迎会を開いてくださった。まずレディースパブ「パワーボイス」に行き、次は久世さんのお友達が経営されているラウンジに連れて行ってもらった。

経営者の南さんに挨拶をしたあたりから、記憶がなくなった。

昼間目を覚ますと、知らない病院のベッドの上で、全裸で点滴を打たれていた。

全く状況がつかめないので看護師さんに、

「僕は何をしてるんでしょうか?」

と聞いた。

「朝、急性アルコール中毒で運ばれてきました。点滴4本打っても起きないから駄目かと思ってましたがよかったですね」

と真顔で言われた。

看護師さんに、

「帰りたいので服を出してください」

とお願いしたら、

「全部ハサミで切りました」

と言われた。どうしたらいいかお聞きしたら、

「特別におむつとパジャマをお貸しします。これで帰ってください」

と言われ、パジャマ姿で地下鉄に乗り、塩釜口に帰った。なんか恥ずかしかった。


その日、久世さんに僕がラウンジでどうなったか聞きたくなった。久世さんが出勤されたとき、久世さんの元に行ったら、

「お前は、モアイだ」

なんて言われるから余計意味がわからなくなってしまった。久世さんが詳しく説明してくれた。

「隆志にヘネシーのストレートを一気させたら、隆志が面白くなった。南がお前はモアイ像に似ている。モアイダンスをしろと言ったら、踊り出した。この踊り

がめちゃくちゃ面白かった。もう一杯飲ませたらどうなるかと思い、飲ませたら泡吹いて倒れた。これで笑いが爆発した」

このようにして僕は周りからモアイと呼ばれるようになった。怖かった先輩が「モアイ」なんてかわいい名で呼んでくれるから、店での居心地がよくなった。

しばらく勤めていたら、風俗雑誌の撮影があった。ようし思いっきりカッコよく写ってやろうとポーズを決めて写った。その雑誌の発売日にサークルKに行ってドキドキしながら、美少年のページを見た。嬉しかった。結構自分がカッコよく写っている。それから店全体のメンバーを見た。ナンバー1取手《とりで》雅治《まさはる》さん、ナンバー2久世義典さん、ナンバー3万田圭さん。その他にも営業部の店長、マネージャーも力がある。他のホストも勝さん、高貴さん、直也さん、一平さん、弘人さん、清春さん、勇さん。僕以外皆お客さんがついていた。今から思うと美少年が一番元気だったときかもしれない。

6月頃、八事《やごと》で友人と会って別れてから、なんか体がふらつきだした。毎日結構な酒の量を飲んでロクな物食ってないからかなぁと思っていたら、中京大学の学生さんが八事日赤病院まで連れて行ってくれた。点滴を打ってもらって医師からお酒を飲みすぎないように言われ、病院を出たとき腹減ったなぁ、コンビニないかなあと歩いていたらコンビニが見えた。早速入り弁当買って、手に持ったらまたふらつきだした。女性の店員さんが僕を心配し、「社員用の休憩所で食べてください」と言ってくれた。なんて優しい方だろうと思って食べ終わって、その店員さんにお礼を述べた。そして店を出た途端バタンと倒れた。すぐにその店員さんが僕の所へ駆けつけてくれた。

「勤務中だと思われますので、仕事に戻ってください」

と僕が言ったら、

「私の勤務は終わりましたので、付き添います」

と言って、僕の手を握っていてくれた。また八事日赤病院に戻り点滴を打ってもらい、待合所に出てみたら、そのコンビニの店員さんが待っていてくれた。

「なんかすみません。遅い時間ですけど帰れますか」

「私家近いんで帰れます」


僕はその時点でその店員さんのことを好きになっていた。それからその店員さんのことが頭から離れなくなり、交際してほしくなり、手紙を書いてコンビニに持って行った。思い切って、

「すみません。これ読んでください」

「返事書きますね」

そう言って僕の手紙をポケットに入れてくれた。しばらくして昼の3時頃、電話がなった。電話に出たら、

「あのコンビニの菅野《かんの》ですけど、今大丈夫ですか?」

なんて言われるから嬉しくなってしまい、

「はい、大丈夫です」

と元気よく答えた。

「私19歳ですけど、いいですか？」

と彼女が言うから、

「僕も老けてますがまだ22歳です」

と答えた。

「返事書きました」

と言われたとき、たぶん付き合ってもらえると確信し、世界がバラ色に変わった。もう郵便屋さんはよ来て、はよ来てと願っていた。そして1通の手紙が届き、かわいらしい女性の字。差出人を見たら、

昭和区八事×××－××　　菅野真理

と書かれていた。緊張しながら中の文を読んだ。

突然の手紙でびっくりしました。
ありがとうございました。
嬉しかったです♡
返事遅くなってごめんなさい（；∀；）
なんだかいろいろ考えちゃいました。
仕事上で周りにはたくさんの女の人に
囲まれてるのに　こんな私でいいんですか?!
こちらこそよろしくお願いします。
でもまだお互いのこと何にも知らないから、
いろいろと教えてくださいね。
これからも体にきをつけて
仕事頑張ってください。

―まり―

まりさんて名前かぁ……いい名前だなぁ……嬉しいなぁ。天国にいる気持ちだった。

ようし、これは立派な恋人同士であるからデートをする必要がある。確か菅野さんは夜10時にアルバイトが終わるので、9時30分頃コンビニに行って、

「あの、このあと会っていただけますか」

と言ったら、

「はい少し待っててください」

と言ってもらえた。10時になり菅野さんが、

「お待たせしました」

と来てくれて、どこに行きましょうかという話になったが、僕は12時までに栄に行く必要があるので、近くのファミレスでお話しすることにした。ウエイトレ

スさんが注文を聞きに来て、僕はアイスコーヒーを頼み、菅野さんは紅茶を頼んだ。

「私お子ちゃまなんでコーヒーが飲めないんです」

うーん、かわいい。菅野さんの顔を近くで見るとめちゃかわいい。ブサイクの僕が金星を上げた気分だった。

「私友達からカンマって呼ばれてるんです。かんのまりを略してカンマ」

僕は緊張しながら笑った。

「あのひーちゃんって呼んでいいですか?」

と言われた。なぜかというと僕の名前はひろみつ。「いいですよ」と言ったがその後一度もひーちゃんと呼んでもらえず、ずっと丸ちゃんと呼ばれた。

支払いはなぜか菅野さんがしてくれた。僕は嬉しくて嬉しくて、この喜びを一番仲の良い清春さんに話した。

「清春さん、実は僕、彼女ができたんですよ」

そしたらすぐに美少年メンバー全員に伝わった。圭さんは、

「モアイはいいなぁ、彼女ができて。俺も彼女欲しいよ」

一平さんは、

「モアイ君、彼女眼鏡かけてるでしょ、わき毛生えてるでしょ、デブでしょ」

「どちらかというと美人です」

やはり名古屋のホスト、久世さんが、

「モアイ、菅野さんが勤めとるコンビニは本山から八事にむかって名古屋大学の辺りか？」

あの静かな文教地区にベンツに乗ったスーパーホストは行ってはいけないと思い、適当にごまかした。マネージャーに、

「モアイ、デート代はどっちが払うんだ」

と言われたので、

「菅野さんが払ってくれます」

と言ったら、

「お前はホストの鑑だな」

と言われた。


ファミレスお話しデートも十分楽しかったが本格的デートをする必要があると思い、実家から車を持ってきて東山動物園デートを計画した。その日営業が終わると、先輩が皆僕をうらやましがって見た。

「モアイはいいなぁ、俺もデートしたい」

マネージャーが、

「モアイ、菅野さんをどこに連れてくんだ?」

「東山動物園です」

「その後どうするんだ?」

「食事する予定です」

「その後どうするんだ？」

「家まで送る予定です」

マネージャーがしみじみと、

「モアイは俺たちがとっくの昔に失くしたものを持ってる」

と言われた。


よく晴れた10月のデート日和。僕は嬉しくて嬉しくて待ち合わせ場所の本山にあるドーナツ店の駐車場で、菅野さんの好きなグレイの曲を聞いて待っていた。菅野さんが現れたのではりきって東山動物園に行った。しかし駐車場は満車、路上駐車もできない。そうなると地元の菅野さんが僕を引っ張ってくれた。ファミレスで食事をして、カラオケを1時間歌ってその日のデートは終わった。中途半端に楽しいデートだった。

基本のファミレスお話しデートに戻った。菅野さんは豊川悦司が好きで、ちょうどその頃、豊川悦司がＪＲ東日本の社員の役で「青い鳥」というドラマをやっていたので、その話をした。

そして、いよいよ恋人同士の一大イベント、クリスマスが近づいてきた。話しているとき菅野さんが、

「クリスマス、どうします？」

と言った。僕は23日、24日、25日はパーティーがあるので駄目と菅野さんに言った。菅野さんも24日は大学の合唱があるので駄目と言った。そういうわけで22日に会うことに決めた。なぜか待ち合わせ場所は中日ビルになった。菅野さんが嬉しそうに、

「プレゼント何が欲しいんですか？」

と言うので僕は何が欲しいんだろうと考えていたら、菅野さんが、

「普通男の人ってこう言うんですよね。欲しいのは君の心だよ」

僕はひきつった顔で笑った。

いよいよ22日がやってきた。夜7時待ち合わせとしたが、時間厳守の僕は6時に中日ビルにやってきてウキウキしていた。7時になり、菅野さんに会える。嬉しいな、早く会いたいなとテンションが上がったが、なかなか菅野さんが現れない。おかしいぞ？　僕は交差点を渡り、丸栄の辺りまで行ってまた中日ビルに戻り菅野さんを探した。

結局その日僕は菅野さんに会えなかった。ひどく僕は落ち込み、この恋は終わったと決めつけた。

年末の28日頃の夜に菅野さんから電話がかかってきた。

ファミレスで席に着くなり菅野さんが怒って僕に言った。

「どうして来てくれなかったんですか！」

「僕行きましたよ」

「どこにいたんですか」

「中日ビルにいましたけど」

「私も中日ビルにいました」

そのとき僕は菅野さんは中日ビルの中で待っていたのかと思い、聞いてみた。

「私中日ビルの中でずっと待っていたんですよ」

僕は中日ビルの外で丸栄の辺りまで探しに行ったりして、一度も中日ビルの中に入らなかった。なんか切なくなってしまった。

「来年もよろしくお願いします」

と挨拶をし、その日恋は続いていることを確認し安心した。


美少年メンバーは僕と菅野さんの恋の行方が気になる。

「モアイ、コンビニの菅野さんは元気か？」

「元気ですが、菅野さんコンビニやめてパン屋さんで働いてます」

「どこのパン屋だ」

「確か錦三丁目と言ってました」

「お前、菅野さんキャバ嬢になったんじゃないか？」

「いえ、たぶんパン屋です」

「お前、三丁目にパン屋なんてないぞ」

そういわれると飲み屋街の錦三丁目にパン屋は不自然である。しかも菅野さんにパン屋まで迎えに行きますと言っても、パン屋の場所を教えてくれず、テレビ塔で待っていてと言うから、なんか先輩の言っとることの方が正しく思えてきた。

真相を知りたくなり、清春さんに頼んで一緒に錦三丁目に行ってパン屋を探した。そしたら菅野さんを発見した。小屋に近いサイズ感のパン屋の店内で、菅野さんは淋しそうにうつむいていた。

2月頃、また東山動物園デートを計画した。秋の失敗の教訓を生かし平日に予定した。そしたら2月の平日の東山動物園はガラガラでお客より動物の方が多かった。そうして一緒に園内を歩いていたら、これって若者の理想的なデートしてる、嬉しいなぁとしみじみと感じていた。建物の中に入り、珍しい動物を二人並んで見た。ふと菅野さんの横顔を見たら、動物を見つめる菅野さんの目がすごくきれいだった。そのとき僕は菅野さんを悲しませることは絶対にしてはいけないと思った。

しかし、ふと、この恋は終わらせる必要があると感じてきた。僕はホストをやめる気はない。菅野さんは真面目な大学生。この組み合わせはよく考えるとおかしい。このデートの後も数回会ったが、別れを告げるために菅野さんに電話をした。

「菅野さん、もう会うのはやめましょう」

「何でそんなこと急に言うんですか」

「ぼくホストをやめる気がなくて、一般の方とは付き合えません」

「ホストやめてくれればいいじゃないですか？」

「そういうわけにはいかないんです」

「私とホストの仕事どっちが大切なんですか？」

「ホストの仕事です」

そう言った瞬間、菅野さんが一方的に電話を切った。


——いい別れ方はできなかったが、菅野さんと過ごした半年間はすごく楽しかった。僕のホスト生活は26歳になった頃、体力の限界を感じ、久世さんと相談して、やめて実家に帰った。

今この文章を48歳になった僕が書いているが、未だに菅野さんを想い出す。菅野さんは現在44歳か45歳か。きっと結婚したやろな。子供おるやろな。もう一度逢いたいな。迷惑やろな。

なんか、菅野さん以来女性を好きになれなくなってしまった。いまだに菅野さん以上の女性に会えない。別れたけど僕にとってきっと運命の女性だったのだと思う。

著者プロフィール
織田 モアイ（おだ もあい）

1975年生まれ
岐阜県出身、同県在住
名城大学中退後、某ホストクラブ入店

まり —ホスト純愛ストーリー—

2024年９月15日　初版第１刷発行

著　者　織田 モアイ
発行者　瓜谷 綱延
発行所　株式会社文芸社
〒160-0022　東京都新宿区新宿1－10－1
電話　03-5369-3060（代表）
03-5369-2299（販売）

印刷所　株式会社暁印刷

ISBN978-4-286-25649-8